Contos de outras margens

Editora Appris Ltda.
1.ª Edição - Copyright© 2025 dos autores
Direitos de Edição Reservados à Editora Appris Ltda.

Nenhuma parte desta obra poderá ser utilizada indevidamente, sem estar de acordo com a Lei nº 9.610/98. Se incorreções forem encontradas, serão de exclusiva responsabilidade de seus organizadores. Foi realizado o Depósito Legal na Fundação Biblioteca Nacional, de acordo com as Leis nos 10.994, de 14/12/2004, e 12.192, de 14/01/2010.

Catalogação na Fonte
Elaborado por: Dayanne Leal Souza
Bibliotecária CRB 9/2162

L551c
2025

Leme, Cecilia
    Contos de outras margens / Cecilia Leme. – 1. ed. – Curitiba: Appris, 2025.
    71 p. ; 21 cm.

    ISBN 978-65-250-7820-5

    1. Literatura. 2. Contos. 3. Margens. I. Leme, Cecilia. II. Título.

CDD – 800

Appris editorial

Editora e Livraria Appris Ltda.
Av. Manoel Ribas, 2265 – Mercês
Curitiba/PR – CEP: 80810-002
Tel. (41) 3156 - 4731
www.editoraappris.com.br

Printed in Brazil
Impresso no Brasil

Cecilia Leme

Contos de outras margens

Curitiba, PR
2025

FICHA TÉCNICA

EDITORIAL	Augusto V. de A. Coelho
	Sara C. de Andrade Coelho
COMITÊ EDITORIAL	Ana El Achkar (Universo/RJ)
	Andréa Barbosa Gouveia (UFPR)
	Jacques de Lima Ferreira (UNOESC)
	Marília Andrade Torales Campos (UFPR)
	Patrícia L. Torres (PUCPR)
	Roberta Ecleide Kelly (NEPE)
	Toni Reis (UP)
CONSULTORES	Luiz Carlos Oliveira
	Maria Tereza R. Pahl
	Marli C. de Andrade
SUPERVISORA EDITORIAL	Renata C. Lopes
PRODUÇÃO EDITORIAL	Adrielli de Almeida
REVISÃO	Cristiana Leal
DIAGRAMAÇÃO	Amélia Lopes
CAPA	Lucielli Trevizan
REVISÃO DE PROVA	Ana Castro

APRESENTAÇÃO

· O que me traz aqui? Meus olhos atentos ao vazio, a quem se conhece como invisível. Meus contos tiram da margem e levam ao centro personagens que misturam força, fraqueza, ignorância e sabedoria, assentados em povoados remotos e supostamente inabitáveis. Todas as histórias que conto nasceram em mim, oriundas de uma infância cercada por animais livres, árvores frutíferas, chão de terra, brinquedos inventados, uma pequena casa e uma família que lutava pela felicidade, como qualquer outra. Mas o inesperado do correr da vida pode apagar até a grande resplandecência do sol, deformar seu contorno e suscitar o intangível tornando-nos invisíveis. Porém, sempre haverá, para mim e em mim, a certeza de que nessa invisibilidade há vozes a serem ouvidas e personagens a serem resgatados, vindos de lá, de outras margens.

A autora

SUMÁRIO

A CIGANA E A SANTA 9

A VELHA 17

ERÊ 22

IRMÃ PAULÍNEA 29

MARIA CLARA 32

NANÃ 35

O BREJO DAS ALMAS VAGANTES 40

O PESCADOR 44

O SUICÍDIO 49

O CEGO OVÍDIO 57

DINDA 63

A CIGANA E A SANTA

Francisco tinha a imagem de sua santinha protetora aos pés da cama. E, como todo peão faz, outra imagem dentro do chapéu de vaqueiro. Quando saía em viagem de trabalho, levava uma oração, dedicada a ela na carteira e jamais esquecia de usar a correntinha banhada a ouro com um crucifixo pendurado, herança de sua mãe.

— Homem religioso! Faz gosto! Tem uma fé inabalável!

Era esse o comentário constante do padre, das beatas, das moças casadeiras, e da peãozada.

Francisco começou a rezar de menino, quando ainda estava aprendendo a montar as palavras e botar sentido nas coisas. Cresceu um pouco e passou a acompanhar a procissão, vestido de anjo, depois a ajudar o padre nas missas dominicais; na adolescência, acompanhava a mãe nas novenas. Não entediava de rezar! Era menino quieto, obediente, sua mãezinha dizia que seria padre. Apesar de o pai ser dado à bebida e farra, não se pode dizer que Francisco teve uma vida difícil. Era letrado o suficiente para ler placas, escrever seu nome e fazer contas simples. Fazia bem as contas de somar e dividir. Estudou pouco, como todo peão da região, mas tinha seu futuro garantido naquele tamanhão de terras que seu pai administrava com mão cortada de laçar gado fugido e cavalo bravo.

Francisco tinha três grandes paixões: a santa, a mãe e os animais. A santa o acompanhava quieta e o ajudava nos piores momentos. A mãe o apoiava em qualquer decisão, mas queria que ele virasse padre de tão santo que era. Os animais pareciam falar com ele.

Notado por tal habilidade, segurou na fazenda a função de amansador de cavalo. Não tinha cavalo selvagem nesse mundo que Francisco não amansasse. Montava o tal, galopava, quase caía, voltava a se esgueirar, chacoalhava, ficava dependurado, se arrumava de novo no lombo do bicho e insistia, conversava com o animal, alisava, acarinhava tanto que o pobre desistia e, sem mais, partia a galopar lento e suave pelas terras. Era impressionante o que conseguia. De tão conhecido por sua incrível habilidade, vinha gente de longe chamar Francisco para trabalho, mas era proibido de emprestar sua vocação em outros cantos. O moço obedecia sem nada exigir em troca. Era homem de palavra! Fiel. Não trairia nunca o homem que o adotou, a santa que o abençoou e a mãe que lhe deu a vida.

Chegou então um dia triste, mas comum de acontecer: Nosso Senhor levou a mãezinha de Francisco para o céu. Foi numa estirada só, que era mulher boa a mãe do peão. A fazenda chorou pranto em conjunto, e todos seguraram a mão de Francisco e de seu pai, que não demorou muito a seguir sua senhora.

O peão se apegou mais e mais à santinha, rezava sempre, o tempo quase todo de folga. Foi uma preocupação para a peãozada e para as pobres moças casadeiras, que já perdiam a esperança. O dono da fazenda olhava de longe aquele tamanhão de homem ajoelhado, com o rosário entrelaçado nos grandes dedos, que apertavam as contas de folhas de rosas, passando por cada uma, num Pai-Nosso e numa Ave-Maria, com os olhos assim, espremidinhos e a testa enrugada de tanta devoção!

Mas o tempo é remédio que cura de um tudo, e aos poucos a vida foi voltando ao seu normal. Os amigos foram se achegando de novo, as moças o cercando, e o dono da fazenda jogando nele as responsabilidades que tinham sido de seu pai.

Foi quando veio o dia do Grande Rodeo que o luto do peão ficou deixado de vez, quieto em um canto do coração, com as boas lembranças da mãe e do pai em vida. Assim como deve ser!

Era festa a não perder. Gente esparramada. Estavam lá os melhores peões de muito além de lá. Tinha cantoria, mulher para todo gosto, comida e bebida para enjoar. Francisco nunca deixou de participar. Ajudava a peõozada, bebia cachaça, depois rezaria em dobro, cantava, dançava, pulava, contava piada, gastava o dinheiro que tivesse no bolso. Eram horas de grande valia e depois de tanta tristeza, na vida de qualquer um, diversão é de muita precisão!

Mas, como tudo acaba, a festa acabou e Francisco ia voltando para casa, com um pensar ainda desarvorado de tanta alegria, quando uma das ciganas que o rondaram durante todo o Rodeo lhe segurou firme a mão e disse:

— Me deixa ler a mão que o moço tá precisado. Não carece de paga!

Francisco, educado que era, não se preocupou em soltar sua mão da mão da cigana:

— Vê futuro é coisa do "outro", moça. Quem me guia é Nosso Senhor e a minha santinha de devoção. Carece disso não! — completando com o nome do pai.

A moça calou por um pouco, fixou olhar seco, aprofundou seu respirar e falou baixinho:

— O moço há de dar cabo na vida de alguém!

— O que é, moça?

E a cigana, com a boca no ouvido do peão, repetiu:

— O moço vai matar alguém!

Francisco paralisou por um tanto. De susto! De raiva! De espanto! Não conseguia falar! Não conseguia andar! Não conseguia tirar sua mão da mão da cigana. Depois, como que passado o tranco, começou a rir, uma risada sem graça, sem vontade. Soltou sua mão, chacoalhou a cabeça, piscou forte os dois olhos e foi embora. Andou um pouco, parou, virou... A moça já não estava mais lá, mas ele tinha esperança de encontrá-la novamente. Jamais esqueceria aquele lindo rosto moreno e tão jovem! Aqueles olhos que refletiam vontade! Esperança! Aquela manchinha escura, perto do seio direito. E o corpo que já tinha visto dançar ao som dos violões ciganos. Poderia namorá-la! Poderia amá-la pra sempre! Mas todas essas virtudes abençoadas se perderam no dia seguinte, quando Francisco descobriu que o bando cigano havia caído no mundo. Como lá todos os ciganos tinham a tradição de passar uma só vez, nunca mais a veria.

O tempo passava com uma ponta de incômodo cutucando seu peito. Era uma aflição da qual não se livrava. Conversou com os amigos sobre os ciganos, sobre ela... Os peões todos gargalharam com sua história. O dono da fazenda fez descaso. O padre mandou que ele dobrasse a reza, que aquela mulher devia ter parte com o "coisa ruim", mas nada adiantava. Às vezes Francisco esquecia um pouco. Enquanto estava amansando cavalo selvagem, seu pensar se esvaziava, mas, assim que o animal saía trotando suave, aquela voz ecoava de novo em seu ouvido:

— O moço vai matar alguém!

Francisco passou a levar a imagem de sua santinha em todo o canto a que ia. Rezava mais que no tempo que sua mãezinha morreu. Conversava com ela pedindo proteção. O padre mandou que comprasse a bíblia para se livrar daquele mau agouro. Dia a dia, Francisco se apegava mais à santa, as orações, aos conselhos do padre. Devagar, começou a se afastar dos amigos, dispensar mulheres, até que um dia aconteceu o inesperado. Pegou um cavalo bravo, que não era tão bravo assim, para amansar e caiu. Despencou no chão que nem manga madura! Não machucou, não. Não aquele dia! Mas outros tombos aconteceram. O dono da fazenda botava estranheza e esbravejava. Os peões torciam o olhar para outros cantos. Corria um boato, entre vários, de que Francisco tinha sido amaldiçoado por uma cigana. Numa de suas viagens, brigou com um peão novato, duvidoso de seu talento. Agarrou o rapaz pelo pescoço e concentrou toda sua dúvida em suas grandes mãos que apertavam a garganta do novato. Teve certeza de que cumpriria seu destino ali. Mataria o rapaz. Não matou. Em vez disso orou. Orou muito! Pediu a sua santinha que o protegesse de tal sina.

Resolveu fazer vigília. Eram uma, duas, três vezes na semana. A santa sempre ali, quieta, tentando aliviar a dor do moço. Parecia até que olhava com pena para o pobre.

O tempo esvoaçou a passo leve, que nem pena quando bate o vento. Passava que Francisco nem via. A fama de grande peão, amansador de cavalo, passou para outros peões. O dono da fazenda, seu padrinho, contratou um capataz que atormentava a vida de Francisco, dando ordens, fazendo pouco do rapaz. O pobre não conseguia mais trabalhar atento, parecia que seu pensar andava pelo mundo junto com os ciganos... que não sabia onde estavam. Se enervava fácil. Uma vez o dono da fazenda, tentando dar um corretivo nele, não pagou pelos seus serviços. Disse que tinha esquecido, que pagaria quando lembrasse de ir à cidade. A raiva do peão foi tanta que teve que sair correndo para tirar os olhos de cima do patrão. Envermelhou que nem pimenta brava! Andou de um lado para o outro. Esmurrava a porta e bufava que nem boi solto na arena. Então dava razão à cigana.

Ainda mataria alguém! Até que dava de cara com a santinha e corria para rezar. E lá ficava... rezando. Não importava o quanto teria que rezar, ficaria lá até se sentir mais aliviado.

Mesmo com toda essa confusão, ninguém abandonou o moço. Nem os amigos, nem o patrão, homem bom. Tinha era mais dó que teve de Nossa Senhora quando assistiu *A Paixão de Cristo* pela primeira vez. Deixava o pobre lá, decidindo entre a cigana e a santa!

Como também é comum acontecer, a fazenda foi se acostumando com aquele Francisco que ninguém mais entendia direito, e o próprio foi se acomodando em sua vida de dúvidas. Aos poucos foi deixando a reza de lado, não que tivesse perdido a fé, mas já não se importava tanto. A imagem da santa, que mantinha no chapéu, rasgou e não foi trocada. A oração era lembrada só nas horas que abria sua velha carteira para pagar alguma conta esquecida. A santinha que carregava, feita de barro, não saía mais de sua mesinha de cabeceira.

Francisco tinha saudade dos tempos em que tinha fé. Tempos em que não precisava de nada além do que possuía. Se nada mais a vida lhe desse, morreria agradecendo. Se a vida lhe tirasse algo, entenderia. E se a vida lhe tirasse tudo, não se sentiria vazio. Agora era diferente. Sentia o vazio dos dias, das noites. Sentia uma saudade escura de seus pais, de sua adorada mãezinha. Sentia-se em dívida, a qual talvez nunca pudesse pagar, com seu patrão, homem danado de bom.

Quanto mais o tempo passava, e muito tempo passou desde o último Grande Rodeo, mais pensava na tal cigana. Onde estaria ela? Por que teria pregado nele tal maldição? Só queria poder perguntar... queria entender que sina era aquela. Passou os dias, desde lá tentando decidir seu destino. No que acreditava afinal? Na cigana ou na santa?

Naquele ano, percebendo a vida escorrer rápido, decidiu voltar ao Rodeo Anual. Tudo estaria diferente. Conheceria poucos montadores, poucos peões, nenhuma mulher. Precisava recomeçar, mesmo que fosse um pouco tarde, precisava tentar novamente.

A festa estava muito maior. Gente da cidade. Gente de longe. Gente moça demais! Mulheres que sequer desviavam o olhar para ele. Comida esquisita, música diferente. Vozes espalhadas, conversas misturadas com berrante, com música, com gritos histéricos. Atordoado resolveu caminhar um pouco, por entre tantos, quando seus olhos viram o que há tanto procuravam: o mesmo rosto moreno que o tempo tinha maltratado tão pouco! Aqueles olhos que ainda refletiam vontade! Esperança! A manchinha escura, perto do seio direito. E o corpo... o mesmo corpo dançando ao som dos violões ciganos!

Francisco paralisou por um tanto. De susto! De raiva! De espanto! Não conseguia falar! Não conseguia andar! Passado o tranco, começou a rir. Foi se chegando perto devagar, mas lhe faltou coragem de falar, então ficou ali olhando a moça, até que ela o avistou! Andou até ele e, segurando a mão do peão, disse:

— Me deixa ler sua mão que o moço tá precisado. Não carece de paga!

Francisco não se preocupou em soltar sua mão da mão da cigana:

— Vê futuro é coisa do "outro", moça. Quem me guia é "Nosso Senhor" e a minha santinha de devoção. Carece disso não! — completando com o nome do pai.

A moça calou por um pouco, fixou olhar seco, aprofundou seu respirar, e falou baixinho:

— O moço há de dar cabo na vida de alguém!

— O que é, moça?

E a cigana, com a boca no ouvido do peão, repetiu:

— O moço vai matar alguém!

Então, Francisco, num respirar breve, daquele de quando a gente está cansado da vida, segurou a moça, apertando seu pescoço com toda a dor que manteve escondida. Mas, antes mesmo que qualquer um pudesse acudir, tirou dela todo o ar que tinha deixado de respirar, desde o último Grande Rodeo, até que seu corpo despencasse, sem vida, no chão.

Os cantadores da região e de muito além de lá fazem cantoria em todo dia da santinha de devoção de Francisco, dizendo assim:

A bênção, minha santinha,

Pobre cigana, ciganinha,

Que não quis te derrotar!

A benção minha santinha,

Pobre cigana, ciganinha

Que a fé não quis abalar...

A bênção, minha santinha,

Pobre cigana, ciganinha,

Que no céu consigo

Há de estar!

A VELHA

Eu precisava aceitá-la! Era justo. Era necessário. Era até tardio!

Nem o menor vestígio do que havia sido feito por ela, transformando assim o curso de minha vida, poderia justificar minhas inúmeras tentativas de absolvição. Era quase impossível, mas completamente necessário!

Assim, sentenciei-a à morte!

Planejei todos os detalhes, até os mais sórdidos, mas esses logo resolvi abandonar. Não conseguiria se assim fosse! Decidi, então, por apenas um golpe. Preciso e fatal!

Tudo planejado por mim, meticulosamente, com a mesma lentidão do sofrimento que me abateu e me transformou neste homem sem causas, sem digitais identificáveis.

Só a morte traz libertação total do sofrimento. Apenas a morte traria libertação total do meu sofrimento. Dos tormentos que me assombravam, tudo provocado, cultivado, mantido, por ela... pela velha! Nada mais me restava senão esperá-la e matá-la.

Antes de sentenciá-la, todos os dias durante o último inverno naquele meu castelo frio e mofado, aguardei sua visita sem a menor expectativa, sem intenção de vê-la, relembrar o passado ou fazer planos para o futuro. Todas as noites, durante o último verão naquele meu castelo quente e úmido, aguardei a visita da velha, sem a menor expectativa, sem intenção de vê-la, relembrar o passado ou fazer planos para o futuro.

Naquela tarde, porém, para esperá-la, sentei-me em minha cadeira forrada por veludo vermelho, com pés e braços dourados, que, apesar de nada confortável, era meu único conforto. Meu olhar se limitou às rachaduras das paredes onde o mofo se espalhava descuidadamente ajudando a piorar minha crise respiratória. Talvez, se eu vestisse algo mais quente durante o dia, o chiado de meu peito melhorasse, mas era o único roupão que ainda mantinha intacto o brasão de minha louvável família.

Fui até a janela...

Apesar da fina chuva, havia um sol, que entrava pelas frestas das cortinas escuras. Nas ruas, alguns poucos transeuntes passavam inexpressivos pela frente de meu castelo.

Mas ela não! A velha não vinha!

Voltei para minha cadeira.

As horas daquela tarde se arrastavam em dias intermináveis e o tique-taque do relógio se transformava em sons altos e insuportáveis, badaladas de sinos dominicais grudados ao meu ouvido. Os dizeres do cuco, de hora em hora, transformavam-se aos poucos em palavras monossilábicas, que iam crescendo em sentido até se transformarem em acusações e sentenças. O suor da febre encharcava minha testa, meu peito, minha alma. A sede, que secava e rachava minha boca, suplicava água. Que eu não dava! As vozes que assaltavam meu silêncio misturavam-se com vozes do cuco implorando que eu fizesse uma grande besteira. As portas batiam, açoitadas pelo vento, e descontavam suas dores com o ensurdecedor estampido do fechar. Soubesse eu que o ar me faltaria tão breve! Ah seu eu soubesse...

Fui até a janela.

Apesar da fina chuva, havia um sol, que entrava pelas frestas das cortinas escuras. Nas ruas, alguns poucos transeuntes passavam inexpressivos pela frente de meu castelo.

Mas ela não! A velha não vinha!

Voltei para minha cadeira.

De um cochilo descuidado, a tarde apagou o sol. As luzes, que aos poucos se acendiam nas ruas, brilhavam tanto, fazendo doer minha cabeça e, para alívio de meu pranto, eu entoava pálidas canções desconhecidas trazendo jazigos de velhas amigas à minha visão. Tanto desejei um vício descontrolado naquele momento, mas meu peito não aguentaria. Isso, é claro, não diminuía minha vontade! Apenas um trago me traria um pouco de alento, mas o descontrole havia acabado nos longínquos tempos dourados de minha mansidão. O reflexo de meu rosto no espelho delatava meus sórdidos anos sem causas. Então, num movimento brusco e covarde, desviei meu rosto daquele reflexo maldito, voltando a apreciar as paredes mórbidas de meu castelo. Soubesse eu que a velha demoraria tanto... Ah, seu eu soubesse!

Fui até a janela.

Apesar da fina chuva, havia um sol, que entrava pelas frestas das cortinas escuras. Nas ruas, alguns poucos transeuntes passavam inexpressivos pela frente de meu castelo.

Mas ela não! A velha não vinha!

Voltei para minha cadeira.

A quietude que embala a noite e sustenta o sono transformava o som da revoada de pássaros, comum àquela região, em barulho ensurdecedor. Os vultos que atravessavam o reflexo da lua, das lamparinas acesas nos postes, transformavam-se em almas sofredoras andando soltas pelo meu viver. As águas do riacho apagado pela correnteza e contrárias ao fluxo emitiam sons melódicos, metódicos e cansativos. Algumas vozes um pouco mais ousadas vinham da rua e atormentavam meu destino. Elas dançavam lá fora como se nunca, nada tivesse acontecido. Insistiam em palavras que ecoavam dentro de minha sala e, com naturalidade, sumiam lentamente, como se some na distância sem aceno. Soubesse eu que vozes não são apenas prantos! Ah, seu eu soubesse...

Fui até a janela.

Apesar da fina, chuva havia um sol, que entrava pelas frestas das cortinas escuras. Nas ruas, alguns poucos transeuntes passavam inexpressivos pela frente de meu castelo!

Mas ela não! A velha não vinha!

Voltei para minha cadeira.

Meus olhos, que orando por descanso cerraram-se em cantos nunca antes observados, foram subitamente abalados pelo estrondoso bater na porta da frente. A madeira oca fez estremecer minha alma, meu ser presente. Fixei meus olhos na porta com esperanças de estar acordando de um pesadelo, mas logo o bater se repetiu. Estrondoso! Imponente! Vaidoso e sem o menor traço de humildade.

Levantei devagar da cadeira e, a passos lentos, fui até a porta. O vagaroso andar tinha o propósito de passar rapidamente todos os detalhes de meu plano. Apenas um golpe certeiro. Eu teria que ser preciso, cruel e frio, e o golpe definitivo! Soubesse eu que um golpe me custaria tanto... Ah seu eu soubesse!

O suor me consumia, o ar parava aos poucos de sustentar meus pulmões, os pés se arrastavam cada vez mais lentos como se fosse impossível chegar até a porta, por um momento pensei que não conseguiria. Os braços moviam-se desordenados sem nenhuma intenção. Os ossos já quase não conseguiam sustentar meu corpo firme e ereto. Retornavam confusas, poucas e doces imagens de meus anos, de quando eu era um homem comum, sem muitos desejos e plano. Sem atrevimentos e ilusões.

Mais uma vez o bater se repetiu com uma ousadia ultrajante.

Finalmente cheguei até a porta. Segurei firme a maçaneta e por um momento sonhei com o fim. Cheguei a sentir o ar entrando livre em meus pulmões. Cheguei a achar que a velha não havia demorado tanto. Cheguei a entender vozes, e não apenas prantos. Cheguei a achar que um golpe não me custaria tanto assim. Mas a velha insistiu em bater de maneira tão inquiridora que cheguei a prever um fim.

Voltei para minha cadeira.

Apesar da fina chuva, havia um sol, que entrava pelas frestas das cortinas escuras.

ERÊ

Garanto que o que vou lhes contar é verdade bem verdadeira. Não verdade verdadeira de fato acontecido, mas de fato dito. E o que Sr. José das Carroças diz não tem desdito. O que conta Sr. José das Carroças conto-lhes eu, na intenção de maior entendimento dessa história e dos fatos acontecidos da vida.

Foi assim, numa tarde empreguiçada de tanto calor, que tudo começou. O dia passava lento sufocando a visão, por causa do chão esfumaçado de asfalto quente da estrada. Parecia que o ponteiro do relógio se agarrava a cada número, cada vez que passava por eles, e se resolvia ficar embrenhado lá, no meio dos risquinhos dos minutos. De tanta lentidão o sono vinha e ia, mesmo porque não tinha viva alma que resolvesse sair da estrada e parar junto à barraquinha de Sr. João dos Doce. Era uma solidão que Deus mandava sem a menor necessidade de mandar. Só que o que Deus manda não se pode reclamar, então Sr. João lá ficava, agoniando aquele verão sem fim, de tédio e leseira.

A barraquinha era feita de umas vigas de madeira e media só o tanto que dava para Sr. João se manter dentro, de pé ou sentado, olhando o dia inteiro para os doces de mocotó, pirulito, puxa-puxa, quebra-queixo, cigarrinho de chocolate e mais um monte de bala que quebra dente careado, mas que a molecada da região adorava e comprava fiado.

Foi num cochilo que Sr. João ouviu de repente uma risada de criança. No dizer da verdade era gargalhada daquelas de criança traquina, que vive de levar sopapo leve de mãe. Acordou da leseira, achou que tinha freguês e se levantou. Foi até a janelinha da barraca, olhou para fora e percebeu que a tal da gargalhada, dizia ele que muito bem ouvida, carecia de imagem. Viu foi nada! Estava tudo igual! Achou que tinha sonhado, sonho sem lembrança, daqueles que fazem a gente acordar com uma sensação esquisita, ou com raiva, ou com uma ponta de alegria incomodando, ou com uma euforia moldando espírito desolado. Ensimesmou-se. Mas nenhuma dessas sensações cruzou o corpo de Sr. João dos Doces e o homem ficou lá, olhando de soslaio para aquele deserto de estrada!

Voltou a se assentar no tédio do dia, e seu pensar começou a flutuar, assim sem nem se dar conta, por caminhos do passado. Foi se chegando cada vez mais para trás, até os tempos em que se casou, que ainda era moço, não tão bonito, mas os músculos embatumados no peito, nas pernas e nos braços, ganhavam o suspirar das moças da região. E foi num desses suspirar que conseguiu casar-se com Dona Maria que não tinha nada de tão especial em termos de formosura, mas era uma lisura de atenção, dedicação e contentamento.

Ficou de olhos semicerrados, pensando... lá atrás! Quando era moleque por aqueles campos, soltando balão, comendo pera do pé, empinando pipa. Passou! Em quando o sol já se esgueirava pelas encostas dos morros, no outro lado da estrada, Sr. João se deu conta de que as horas até que tinham se aligeirado um pouco mais. Lembrou-se de novo da gargalhada de moleque, fechou a barraca e foi jantar.

Quando chegou em casa, comentou com Dona Maria da gargalhada que lhe havia ocupado seu pensar quase que a tarde inteira. Dona Maria, que pelo tardar da vida deixava cair seu corpo em andar arrastado, prendeu suspiro e disse:

— É Erenildes!

— Ah pois, Nê!! Nem...

— Como não haverá??? Que outro seria, João?

— É menino moleque desmanchando educação de pai! É Erenildes nem nunca!

— Há de ser, João! Há de voltar e tudo mudar

— É nada, Nê! É nada...

Os dois se deitaram ao som das cigarras, dos sapos e dos ventos batendo em folhas de bananeiras. Como em todo o passar da vida, botaram o olhar no escuro tão cedo que do noturno só sobrava a vastidão do imaginar. Imaginar esse que ia sumindo lento, lento, devagarzinho até que o último soprar de consciência vidasse em sonho.

Mais uma manhã amanheceu de novo! Graças à Nossa Senhora das Penitências... e depois de bem amanhecida, Sr. João voltou caminhando para sua barraquinha de doce. Chegou-se e abriu a portinha impondo gesto acostumado, daqueles que depois a gente quase não se lembra como é que fez. Esse tipo de fazer que engole o sabor das coisas!

O quentume daquele verão era notório. Qualquer um que se debandasse por aquelas terras perdidas matava sede com próprio suor. Era puro martírio sentar naquela barraquinha, o dia todo, esperançando freguês, mas era assim que Deus e Nossa Sra. Das Penitências guiavam e guiado estava. Nada de duvidar. O que era sagrado e divino não se impunha dúvida e o que lhes era mandado assim era aceito. Foi assim que Sr. João e Dona Maria se apegaram à Nossa Sra. das Penitências, que aliviava dor de tristeza de perda, pobreza e das dificuldades maiores.

Ah pois, era quando Sr. João estava para dar cochilo da tarde, mas ainda bem acordado, que o menino encheu os ouvidos do velho com outro gargalhar. Sr. João dos Doce assustou-se, de novo! Mas se fez não de rogado e saiu correndo da barraca querendo de ter em sua vista imagem de moleque nascido:

— Eita, peste, que apareça! Nem me engane com passo leve, aparece, praga!

Porém, só o que ouvia era passarinho desaninhado e zun-zun-zunido de abelha pousando em doce esquecido descoberto. Abanou mãos e braços e olhar pelos ares. Outro dia passou com o pensamento de novo no riso destoado invadido em sua vida. Sentia um esquisitar em seu sentimento como nunca. Por que é que o acalcar de seu sentimento varava até lá nas suas mocitudes? Lembrava-se bem! E sentia como pipa de moleque solta, livre lá em cima. Fazendo voar destrambelhado pelo vento. Livre lá em cima... Presa cá embaixo! Quando moleque, lembrava que nem memória de criança, tinha um medão arretado do vento levar sua pipa. Amarrava na linha mais forte que tinha e só a deixava alcançar até onde vista alcança os detalhes.

Tinha sempre levado a vida carrancuda e que Deus não me perdoe se condeno, é isso não!

Atravessou seu coração a sensação de sonho, mas nem acreditava nisso mais. Sonhar era coisa de moleque, de menino não logrado. Coisa diferenciada de sua vida dura de plantador, colhedor, amassador de uva, vendedor de doce. Mas todos os domingos se penitenciava na igrejinha da vila, isso sim! E nunca nem reclamava o pesado dos dias.

— Ouvi de novo gargalhar, Nê!

— É Erenildes, homem!

— É nada.. Por que haverá de se aparecer assim? É não!

— Haverá de ser outro? É Erenildes!

— Que é conversa desse povo educado de ignorância! Erenildes nos deixou de ser moleque nascido há quanto!

Dona Maria aquietou-se. Sentou-se e acariciou olhar no tempo passado pelo rosto do marido rancorado das dificuldades que a vida impõe, porém sentiu diferença. Diferença no andar mais estreitado, no olhar mais focalizado, no sentar-se mais aprumado. Teimou com ela mesma:

— É Erenildes!

O tal gargalhar virou presente em vida de Sr. João dos Doce. Soava em qualquer hora do dia! Manhãzinha, tardinha começada e até anoitecida.

No começo o amigo suspeitava... Depois de tempo esperava... Depois de depois de mais tempo ansiava pela gargalhada que nem faltava sequer um dia! Tinha curiosidade de saber quando a gargalhada ia vir! Às vezes vinha de manso. Às vezes explodia, que arremetia Sr. João da banqueta de palha.

Cada vez que a gargalhada vinha, Seu João sonhava. Não há sonho que não se cumpre, porque, como dizia ele mesmo, isso é coisa de moleque, de menino não logrado, mas era um sonhar desses que resvala a alma da gente e fica marcado que nem arranhão.

Um dia tirou de cima de seu armário um velho bandolim.

— Os moleques tão me assuntando para ver se não retoco meu bandolim vez ou outra, em quando me aprecia!

Voltou a tocar reunindo a molecada dos ranchos vizinhos, mas o dito feito de verdade, o que estava povoando a vida do amigo velho eram as gargalhadas do moleque Erenildes, menino desnascido, assim como também começou a encher sua vida as gargalhadas da molecada em volta de seu bandolim.

No quando, mais inesperado, chegou até a sentir a presença do moleque. Um peso no colo, que já tinha sentido durante tão poucos anos! Mas que se foi pelo acaso de doença desconhecida. Sr. João, pobre, sentiu até falta de doce na vendinha. Acreditou em Erê. O pequeno Erê! O moleque das plantações que gargalhava no ouvido dos precisados, dos carecidos, dos abandonados pela sorte. Contam que o danado não apreciava os que não lhe acreditavam, mas que maldade não pregava por isso não havia precisão de medo.

De onde vinha a tal da gargalhada, de fato acontecido, isso nunca se discutia. Não que a curiosidade fosse assim tão pouca que desmerecesse empenho no descobrir, mas para quê?

Não me ocorre agora depois de quanto, e nem há de importar o prazo dado a esse episódio. Sabe-se que foi durante um tanto que o velho João, amigo meu de lembrança contada, conviveu com as gargalhadas do menino Erê. Também não me assunte de quanto teve a vida mudada, que isso nem se faz caso saber! Soube que hora mais nenhuma teve agravo e que caminhava assoviando pelas ruas. Me fizeram saber que as gargalhadas do menino Erê pararam um dia para Sr. João, que rezou e a mandou para outro precisado, o Sr. José das Carroças. De resto sei o quanto os compadres sabem. Um dia um deles diz que foi até a barraquinha, para prosear, comprar doce de mocotó para o seu menino, mas encontrou a porta fechada. Voltou no dia depois! A porta meio aberta! Chamou.... prosseguiu até a casa do casal! Nada havia ali de gente, apenas os móveis e a poeira de casa abandonada.

Nunca mais souberam de Sr. João dos Doce e Dona Maria. Ninguém sabe o que se sucedeu! O que afirmo, com vigor de homem tão ultrapassado da mocitude, é que tem gente dizendo que Sr. João e Dona Maria não existiram, assim como esse tal de Erê. Outros dizem que, para ouvir a tal gargalhada e conviver com esses dois velhinhos, é preciso ter fé em ser. Já em outras bandas, tem gente desdizendo e compreendendo acaso como história de roçado... Mas euzinho lhes garanto que é verdade bem verdadeira, não de fato acontecido, mas de fato dito. O Sr. José das Carroças ouviu Erê por muito tempo, até que sua vida ganhou cor. Ele não viu de vista o Sr. João e Dona Maria, mas ouviu tantos fatos que os dava como amigos! E acreditem na risada de Erê...porque o que o Sr. José das Carroças diz não tem desdito...

IRMÃ PAULÍNEA

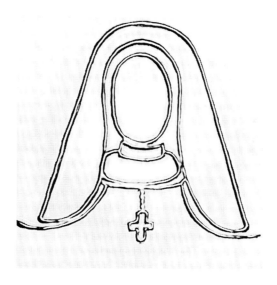

Paulínea entrou para o convento no dia em que completou 15 anos. Seus avós paternos, Antônio e Lázara, levaram-na pessoalmente, além de terem conseguido convencer a Irmã Superiora que ela tinha vocação para servir ao Senhor. Paulínea teve que passar por muitas entrevistas e foi assistida por algum tempo pelas irmãs do convento. Na sua primeira comunhão, não parecia muito satisfeita. A primeira vez que confessou, confessou para uma amiga, que pouco falou ao padre, pois sabia que seria absolvida com alguns Pais-nossos e Ave-marias. Cada vez que estendia sua língua para receber a hóstia sagrada ficava com nojo da mão do padre e se perguntava por que não pingavam naquela receita algumas gotas de baunilha. Ficava imaginando como seria melhor se a hóstia tivesse diferentes sabores: morango, abacaxi, goiabada, flocos de chocolate. Era nesses momentos que vó Lazinha quase duvidava de sua vocação, mas, vendo a menina sempre tão quieta, acabrunhada, andando sorrateira pelos cantos da casa, distribuindo olhares sem intenção e gestos mal acabados, vinha-lhe a certeza de que Deus escreve mesmo certo por linhas tortas. Se existia alguém torto naquela história, era Paulínea.

A menina ainda brincava com uma boneca de pano que enfeitava sua cama e compunha a solidez de uma vida em que os sonhos limitavam-se às paredes ruídas de sua pequena casa num interior perdido de nossas culpas. Tão infantil era ela que sequer se importava com o que estava acontecendo à sua volta. Transformava a boneca em sua melhor amiga, seu quarto num castelo, seus avós nos mais sábios, e seu futuro seria abençoado num convento!

Quando Paulínea arrumou sua pequena mala para partir, com apenas alguns poucos objetos pessoais, tentou levar sua boneca. Seus avós a convenceram de que já era hora de tornar-se adulta, afinal seu destino estava selado. Paulínea não entendeu! Quando pensou em perguntar o que era um destino selado a futura freirinha, sentiu a mão brusca do avô apertar-lhe o braço e arrastá-la pela cozinha, quintal, abre portão, sobe rua, vira esquina, ladeira abaixo, ladeira acima e uau... o convento.

Que beleza! Que grandeza! Que esplendor! Até parecia os castelos com os quais tanto sonhou! Estava perplexa!

Foi então que entendeu a dedicação de seus avós para que fosse aceita. Tal esplendor! Paredes enormes, sólidas e seguras! Um jardim com flores lindas! Um sino que ecoava fé e proteção por quase todo o bairro! Mulheres vestidas iguais com jeito de boazinhas! Sorrisos espalhados para recebê-la! Saudáveis mulheres! Doces militantes da bondade!

Paulínea despediu-se com dor de sua avó, que chorou como choram os arrependidos e frustrados; seu avô que resmungou e pediu desculpas por não ter tido condições de lhe proporcionar um futuro mais audacioso.

A menina entrou sem olhar para trás, deixando para sempre os avós, a rua descalça, o bairro pobre, a cidadezinha perdida no interior de nossas culpas, a boneca de pano e um futuro de dúvidas! Desapareceu atrás de uma porta de madeira escura, com uma linda cruz dourada em seu centro.

Com o passar dos anos, a imagem de sua boneca foi desaparecendo, até desbotar de sua memória. A prática da prece unia suas mãos, seu andar e seu ajoelhar em gestos, agora, imponentes! O pensamento, antes tão distante, concentrou-se! A quietude passou de timidez a resignação elegante.

Mas seu olhar...

Pegou lentamente sua cruz de prata na cabeceira de sua cama. Segurou-a com força sobre seu rosto deitado e viu seus olhos, ainda tão sem intenção, refletidos na cruz! Foi então que Paulínea entendeu o que era um destino selado, o choro tão triste de seus avós em sua despedida e sua vida naquele convento.

Sorriu um sorriso leve, abaixou a cruz e cerrou seus olhos. Para sempre!

MARIA CLARA

    Maria Clara foi uma mulher que sempre acreditou que um dia viveria um amor lindo. Um amor que a faria suspirar como os suspiros de novelas de rádio. Um amor que a faria jurar que nunca ele seria abandonado. Um amor que o sonho maior seria muitos filhos, uma casa de aluguel e decoração de bolo com papel crepom!.

    Talvez, por isso, Maria Clara se entregava a qualquer homem. O mais sujo, o mais errado, o mais safado. Todos diziam alguns carinhos nos quais ela acreditava de coração, traziam para sua casa apertada, roupão de dormir e escova de dente, mas nem um tostão, nem para o café!

    Maria Clara não perdia sua fé com desventuras amorosas, pois, sendo moça e ainda faceira, não se importava em garimpar com peneira grossa seus homens. Quando reluzia um brilho, no clarão do sol a pino, e ela achava que aquele brilho era seu próximo menino, punha-se em baby-doll de seda e com um copo de cerveja o aguardava.

O moço entrava, como todos os outros, olhando os quatro cantos de relance e, antes que se deitasse na cama de Maria Clara, prometia qualquer sonho ao alcance da mão. Ela, que se fingia, danada, não acreditava logo no primeiro instante. As palavras dos amantes recém chegados, dos velhos e futuros namorados faziam-se furtivas e tornavam-se suas amigas tardiamente, começando por um sorriso breve. De leve, a brancura de seus dentes pouco amados se apaixonava por aquele rosto tratado com tanta história e tentavam permanecer por mais tempo! Que nada... Outra chance era levada de espanto, e o pranto de Clara entristecia os morangos deixados na geladeira. O chão riscado pelo embalo das danças matutinas era raspado com palha, encerado de cor vermelha e lustrado pela enceradeira velha. Afinal, que importância tinha? Nossa amiga, desde menina encerava chãos de casas alheias. Ouvia infortúnios, tolices, asneiras!

Um dia um velho companheiro de Maria Clara voltou, e ela não ousou negar-lhe sua cama, seu corpo, os detalhes de sua sórdida vida. É claro que Clara nada queria senão o pagamento de uma dívida que sempre achamos que velhos companheiros desaparecidos têm, mas quem era menino cresceu de desatino em beleza e encanto. Não essa beleza que se apega aos detalhes costumeiros, ou encanto que se faça por dinheiro, como Clara costumava achar. Era uma beleza que ao ar tingia de cheiro de rosas e capim orvalhado, sustentando um sonho de quietude que malcriado cismava em voltar de quando em quando.

Antônio era um homem sem surpresas!

Era tão real que fugia à compreensão de Clara. Escapava à invenção criada com tanta delicadeza em remendos e detalhes! Como entalhe, cavado a faca, aparecendo como a marca de seu suposto sonho, Antônio invadia aos poucos um mundo de tentativas e desilusão. Porém, o rapaz não se importava por Clara não amá-lo com forte desejo. Com o tipo de suor que não tem cheiro de jardim. O tempo foi passando, e o tempo, que em certas vidas voa destoando até das mais humildes vontades, poderia ter carregado o brilho esperado no desfecho deste pequeno conto. Cada ponto de luz, surgido nas entrelinhas ilumina, à luz de lamparina, minhas palavras de desalento e espera, eu sei, mas onde o furacão se forma e arrasta o poder a paixão reage desconhecendo a razão do próprio ser. Quando o furacão desenrola deixando rastros de destruição e destroços, só o que nos resta é a mais pura emoção. E foi o que restou para Clara ao sentir a invasão de Antônio a força bruta, dando à realidade ar de vitória nessa disputa tão antiga.

E, como já dito, Maria Clara nunca perdeu sua fé com desventuras amorosas; apesar de agora não tão moça, mas ainda faceira, não se importava em garimpar com peneira grossa seus homens. Novamente um dia, reluziu mais um brilho, no clarão do sol a pino, e ela percebeu que Antônio era seu próximo menino. Vestiu-se em baby-doll de seda e, com um copo de cerveja, finalmente amou!

NANÃ

Nanã, quando jovem, era uma formosura de mulher. Traços vívidos, alargados, fortes. Turbante colorido, xales e colares em homenagem a orixás e uma força ensurdecedora. Não à toa logo ganhou amizade e confiança dos moradores de Maquianbá, bem como o amor e encantamento de Severino Rezadô. Passou tempo... tempo passou...

Nanã vivia acocorada em frente ao braseiro de lenha arranjada pelos vizinhos. O frio era encolhedor naquelas longas tardes e noites de inverno. A cor da velha não desmentia sua origem, escrava, matuta, benzedeira. Tinha escancarados calos nas mãos e um pegar daquele que não pega direito. A pele era toda enrugada, os dentes rareados entre torresmos e rapadura, o lenço branco da cabeça desbotado e rasgado, o vestido de chita alargado, e nos olhos crescia uma pele branca, esquisita, que nublava o sol dos dias de Nanã.

Como dito era boa a preta e só pensava em ajudar os descendentes de escravos que ainda restavam naquela terra e formavam uma comunidade. Ficou sozinha nesse mundão perdido de terra que quase não cultiva, mas ainda tinha aquela comunidade que era o que lhe aconchegava. A única coisa que desmerecia a felicidade de Nanã era o tal do frio desconcertado que entrava pelos vãos do telhado de sua casa de barro e entranhava pelas rachaduras de seus pés até suas ancas caídas. Porém, isso não carecia sua atenção! Quase sempre estava acocorada pelos cantos. Como orava muito à escrava Anastácia, para afastar mau agouro, acabou que gostou da rezação. Logo ganhou fama de boa benzedeira, parteira, conselheira. Benzia comunidade inteira de Maquianbá por troca de alguns agrados, porque Benzedeira não se pode pagar. Quem quisesse pagar Nanã levava uma corrida dela. Não pode! Benzia quebranto, espinhela caída, carne quebrada, erisipela. A benzida esperava alguns dias e depois voltava oferecendo um adjutório para ela... Saco de farinha, vestido novo, jerimum, vela, qualquer coisa, menos dinheiro. Tinha que obedecer, porque qualquer um que se aventurava em se adoentar ficava esquecido na cama esperançando uma ambulância, mas tinha que pagar para ambulância vir buscar, então o coitado esmorecia adoentado até a velha Nanã chegar e curar. Não tinha outro jeito. Se dependessem da ajuda de São João da Chapada, que ficava há algumas horas de Maquianbá, haviam de ficar a esperançar para sempre. E olha que lá tinha hospital, ambulância, escola...Mas isso também, o que tinha lá é uma outra história que não vale réis comentar!

 Foi que daí, nossa Nanã, cismou de brigar pelas terras que eram suas por direito de cidadã. O marido já tinha morrido de morte matada. Dois jagunços, desses de braço forte, das terras quase vizinhas, se amoitaram durante um dia, depois mesmo de pedir abrigo na casinha pobre da velha benzedeira. Disseram que estavam de passagem ligeira, tomaram chá de capim-santo e pousaram lá uma noite. Depois que conheceram Nanã e Severino Rezadô se arrependeram de aceitar o serviço. Homem é assim mesmo, se arrepende, mas não se prende ao arrependimento e logo se esquece da dor dos outros! Então, acharam de pedir a benção e partir logo para não desistirem do que tinham prometido, que naquelas bandas, palavra de homem jagunço vale muito mais que arrependimento de homem jagunço morrido. Se atocaiaram pelas moitas perdidas e no dia seguinte, bem cedinho, quando seu Severino Rezadô saía para a lavoura foi mandado, num golpe só, para junto da escrava Anastácia. Mas ele foi só o primeiro. Ninguém tinha perdão para a jagunçada. Até criança foi levada para os braços da escrava. Aos poucos a comunidade foi enxugando e nunca viu reação. A invasão das terras começou devagar e foram tomando o lugar dos amedrontados, coitados, que saiam sem falar nada e sumiam nesse mundão!

Anos se passaram, e a pequena comunidade ficou assim:

Trinta famílias que viviam de escambo e da escassa lavoura. A água era de poço, cheirava esquisita e variava de cor. A luz que iluminava os cantos, os prantos, apagava-se com um simples soprar. Comida era tão pouca que criança vivia de sorte. A morte rasteirava até barravento de capoeira. A cama, esteira puída, não conseguia sustentar mais sonho. Nem o cantar. Lundum-de-pau e vissungo! Era tudo só desbrilhar! Ainda cantavam o vilão em suas festanças, nas andanças de procissão, falavam língua de branco sim, mas faziam questão de manter sua língua, a Cupópia[1], uma misturada de várias palavras do grupo Banto. Cento e sessenta palavras eram só nomes, quinze eram verbos, treze eram qualificativos e dois advérbios. Inventavam umas frases, que faziam umas figuras na linguagem para conseguirem melhor expressão.

---
[1] A língua cupópia é um dialeto africano falado na comunidade rural de Cafundó, no estado de São Paulo. Acredita-se que ela exista desde o fim do século passado. As palavras da língua cupópia vêm do quimbundo, do umbundo e do quicongo, línguas do grupo banto, originário de Angola.

Foi então que Nanã foi até São João da Chapada para tentar reconhecer a posse de suas terras, mas a velha, já quase cega, rodou de sala em sala até ficar com zonzeira que tiveram que acudir! Ela tinha um documento muito antigo que comprovava que as terras eram dela. Não tinha documento de seu Severino, que já tinha se ido dessa terra há mais de trinta anos então não tinha documento, ela. Porém, todo mundo sabia que as terras de Maquianbá, quase que inteira, eram dela, mas brigou tanto a velha! Foi uma falação que pouco ela entendia, acabou que ficaram com a documentação toda das terras dizendo que era briga demorada, de anos! Ela não disse nada, pegou desconsolada o braço de seu afilhado, o menino Severino, e foi-se embora!

Passou ano! Alguns poucos se mobilizaram, outros tantos visitaram a comunidade querendo ajudar, mas nada fazia essa tal de justiça dar a ela o que lhe foi de direito durante sua vida inteira. A morte continuava a rondar o povo! Já quase sem enxergar, Nanã tinha a companhia constante do menino Severino, uma das poucas crianças que ainda falavam a Cupópia. O menino Severino, além de guiar, ajudava a velha a rezar os adoecidos.

A velha, cansada de tanto lutar, sabia que a jagunçada havia de voltar logo para expulsar os poucos que restavam em sua comunidade. Apesar da avançada idade e de seu olhar quase cego, ainda cuidava de toda Maquianbá!

Foi depois de tanto, num dia desses que a gente não espera na vida deparar, que chegaram dois homens para se abrigar na casa de Nanã:

— Oh, Nhá Nanã! Tamo vindo de longe. Tamo de passagem ligeira e carecemo de lugar pra anoitar.

Nanã sequer fez menção de recusar. Pegou o braço dos dois para guiar para dentro de casa e disse:

— Tata vavuro no godema!

— A gente num falamo Cupópia, Nhá!

E Nanã repetiu:

— Tata vavuro no godema!

Um deles perguntou pra Severino o que é que ela tinha dito:

— Homem de braço forte, moço! — disse Severino.

Aqueles braços fortes trouxeram a lembrança de toda a vida e luta de um povo. A morte de Severino Rezadô. A briga inútil pela posse do que era seu. O fim de uma comunidade inteira. Aqueles braços fortes...

Então, Nanã fez questão de preparar um chá para os visitantes. O menino Severino foi até a pequena cozinha e pegou das mãos dela o chá para entregar aos homens.

— Chá bom esse, Nhá. Como é que chama?

E Severino disse:

— Vava do Cuipa!

— A gente não falamos Cupópia! O que, moleque?

O moleque Severino se calou por um pouco. Ajudou Nanã a se acocorar junto ao braseiro de lenha arranjada pelos vizinhos e acender seu cachimbo. Após algum tempo, o menino repetiu sorrindo:

— Vava do Cuipa!

Um dos homens, já com os olhos fechados, o corpo jogado ao chão e a voz fraca, como o fogo do braseiro quase morrendo, perguntou:

— Que chá é esse, moleque?

E Severino calmamente respondeu:

— Vava do Cuipa! Em língua de branco que dizer "veneno", seu moço.

O BREJO DAS ALMAS VAGANTES

Foi quando morava eu no Brejo das Almas Vagantes que vi, voando acima de minha morada, um pássaro. O voo era assim rasante às vezes, às vezes alto, que me desentendia que rumo quisera tomar. Lá no Brejo era sol que em nada ajudava os olhos a acariciar o céu. Fazia manter cabeça baixa o tempo todo, furava copas de árvores e mandava o ar fazer sua vez de quentura em lugar de sombra. Pensei que talvez aquele pássaro já estivera a voar, em turno, desconcertado de rumo, por alguns dias. Assuntei pela redondeza, mas quem haverá de ter tempo em botar reparo no céu? Naquelas paragens era pé no chão, mão no trabalho e visão desprendida de olhar. Era assim que todos levavam a vida, porque Deus mandara e assim tinha que continuar! Não que fosse nosso peso de ser, leve, mas assim que era. Depois da primeira vez que vi o pássaro vagar, passei a me conceder unzinhos momentos de leseira... Sentava na soleira da porta da cozinha, logo após o almoço, e abusava do céu! Isso quase não durava tempo, porque era em dia de "São Nunca" que me esgueirava de qualquer obrigação de préstimo verdadeiro... Mas, quando via aquele pássaro a voar ligeiro, sem bando, sem eira nem beira, foi que fiquei atento. O pássaro voltava sempre. E eu atentava cada dia mais meu olhar! O pássaro ia, vinha, voava, rasava, subia, circundava e sumia... Voltava, rodopiava, parecia que caía... andava um pouco pelo chão, se achegava, me olhava de soslaio e saltava em voo, sumia... Não que tanto, trouxe preocupação à minha senhora, que assuntava com madrinha pedindo que me benzesse, que eu andava era meio esquisito.

Lá no Brejo era muito afazer, que ninguém fazia por nós. Não se tinha tempo pra notar era nada em volta. O Brejo era escuro, porque não dava flor nenhuma, árvore nenhuma, ninguém podia regar. Só o céu brilhava! O tempo escoava que nem água de correnteza, de rápido que ia, como as chuvas que caiam em bando e deixavam nossas vidas encharcadas, e era tanto melhor assim, que certas almas, que só vagam, têm que passar! Vivêssemos apenas pelo peso da obrigação que Deus nos destinara!

O Pássaro insistia em voar sobre nossas cabeças!

Pior era que o danado ia e vinha em hora que nem ninguém me cercava. Comecei a sair de canto e deixar de escutar o disse-me-disse que se expandia por ali, sobre minha pessoa. Tanto em tempo, meu olhar pairava no céu, sem me importar com o queimar de meus olhos a admirar o voar do Pássaro. Meu respirar ficava tão engasgalhado que farfalhava meu dizer, meu sentir, meu ser coitado. E os dias não mais passavam como os outros, mas escoavam pelo ralo... água limpa ralo abaixo.

E foi numa de manhãzinha, enquanto ordenhava Estrela, pois que nunca deixei de cumprir minhas obrigações, é que o Pássaro pousou palmo diante de mim, quieto! Fazia grunhido nenhum, sequer desviava seu olhar esquisito, de bicho que pede.

Então, com um vagar de pegar cobra na mão, de cuidado, apanhei o bicho pela asa! O pobre se debateu tanto que suas penas coloridas voaram soltas pelo ar solitário. Segurei o Pássaro pelo pescoço que nem se quisesse esganar, não de querência, mas de um jeito que me invadia. O bicho fincou garra em minha mão me fazendo o grito! Me fazendo sentir! Suspirei um gemido há tanto esquecido... segurei com uma mão suas garras, e numa luta injusta, o tal me bicou com gana de liberto encurralado. Quanto a mim, crescia a raiva de preso armadilhado. Os olhos negros do Pássaro não se desviavam de meus olhos pálidos, que, em quando, tentavam desviar dos seus, mas sofriam como moleque abandonado! Era como se quisesse me dizer algo que eu nem quisesse saber. Era como se quisesse me invadir para acertar o que não foi! Permitir, nunca, que já havia me acostumado com o tudo que era! Mas o bicho se debatia com tanto esforço que arrancou sangue de minhas mãos. E o sangue tingiu o leite de Estrela! Foi então que o Pássaro se soltou e voou num voo desarranjado, pesado, até ganhar altura, se aprumando no céu de volta e sumindo frente a meus olhos!

O tudo deslizava em minha vida. Nada que eu percebia! Era isso ou aquilo! Era é, e nunca por que! Era o certo assuntado, nunca o duvidoso duvidado! Era o gargalhar distante ainda só dos tempos de criança que perdido estava em menino descalço! Nada havia, que fosse céu, que fosse voo de pássaro, cheiro de flores, piscar de lamparina alumiando conversa de pé no chão! Nada havia que não...

Passei a tirar dia de folga pra olhar o céu e esperar o pássaro de volta. Enquanto isso via o andar cinza de meu povo do Brejo, um cinza que ainda não havia percebido. Tentei plantar, mas minha água não era suficiente para regar a plantação. Tentei assuntar, mas os dizeres dos arredores eram abreviados. Tentei erguer minha cabeça e meu corpo. Quanto mais eu tentava, mais entristecia. Tentei me refrescar nas águas geladas num banho de bica. Tentei respirar aliviado, mas não havia quem ousasse comigo! Não havia alma penada saída do ventre da mãe para a vida, mas eu, eu vi o Pássaro e inútil, tentei segurar o pobre! Ninguém acreditava que ali no Brejo houvesse pousado tão lindo pássaro! Tenho até hoje o rasgo na mão! Lembro até hoje do rosa que se fez no branco comum do leite, cor que nunca tinha visto tão linda, com meu grunhido de animal tentando segurá-lo... Todos os dias esperava o pássaro voltar. Rodava pelos campos e percebia que, a cada dia que passava, o Brejo ficava mais e mais cinza. Foi por isso que insistia em ver novamente o pássaro. Insistia em esperar o pássaro. Passou tempo... Tanto esperei, mas tanto que pensei em desistir. Em seguir meu caminho no brejo conformado com minha eterna espera de tudo acontecer. Tentei tanto esquecê-lo, mas nessa tentativa comecei a percebê-lo sutil voando em minha alma, em meu viver caótico! Circundando meu corpo, voando em minhas alegrias, voando para roubar minha tristeza e meu penar! Não mais tentei detê-lo, não mais tentei explicá-lo, não mais tentei provar sua existência. Apenas, deixei-o se espalhar num voo, às vezes raso, às vezes alto, às vezes lento. Mas, sempre ao redor de mim... vivendo em mim... num voo, um voo... O Pássaro!

O PESCADOR

A aldeia Djanira ficava muito além do ancoradouro das barcaças no vale do Quinhão. Era preciso atravessar o rio Jenipabo de canoa e enfrentar a correnteza que ninguém se importava em descobrir de onde vinha. Com uma hora de canoagem em dia de correnteza mansa, as águas começavam a se azular indefinindo horizonte e linha do céu. Caso o céu tivesse sido açoitado pela chuva, carregado de manchas cinzas nas nuvens, as águas esverdeavam-se e desenhavam outra linha fina que separava vida de morte. A canoa escorregava sem muito esforço até o primeiro vilarejo que as margens podiam ofertar. Lá era Djanira. Era assim que todos os velhos pescadores ensinavam o caminho para que novos pescadores chegassem à aldeia.

Pedro morou no vale do Quinhão durante muitos anos. Foi ainda menino, arrastado pela mão velha do pai, já que a mão da mãe lhe faltara desde moleque. O pai, que carregava a tristeza das famílias dos defuntos que enterrava, tinha uma corcunda esquisita, um hálito malvado e uma rudeza desmedida. Batia em Pedro apenas quando precisava, também quando o hálito maldava seu espírito. Pedro sequer assuntava a sova pra não levar mais coro, mas, lá no fundo de sua alma, Seu Tonho não era homem de ruindade, não. É que tinha sido tão maltratado pela vida que chegou o dia em que resolveu aceitar cavar covas apenas de defuntos pequeninos, de tão cansado! Foi assim que foi vendo todos aqueles corpinhos sem história terminarem em oração chorosa de carpideira! A madeira vagabunda que guardava aqueles corpinhos sem ajuda seria corroída pela terra, e tudo seria esquecido para sempre. Achou tão triste que chorou. Chorou, chorou, chorou, chorou tanto que engasgou, o ar lhe faltou, e Pedro ficou de mãos ao vento.

Nessa época Pedro sonhava nas barcaças do Vale do Quinhão. Os pescadores lá usavam chinelo de corda e calça de saco alvejado. Quando desciam da barcaça, colocavam camisa e chapéu. Traziam peixes que, para Pedro, cheiravam como as flores das redondezas por onde ele morava. E eram todos seus amigos! Porém, quanto mais se achegava ao vale, mais pensava em Djanira. Ainda mais com as mãos soltas que velejavam com o vento suave do vale, sentia louca vontade de partir. Nem a inveja que os olhos provocavam em seu espírito perdido estava conseguindo segurar Pedro.

Como era de costume entre as famílias do vale, foi pedir aconselhamento para Mestre Jangada, que, com sua voz rouca e calma, tentou convencê-lo a ficar.

Mestre Jangada era de muita esperteza e, quando segurava uma rede de pesca, as linhas de suas mãos confundiam-se com as linhas da rede. Jogava a rede ao mar com tanta delicadeza que os peixes não se importavam em aquietar a fome do vale. A pequena casa do Mestre, assim como todas as casas de Quinhão, era erguida pelo calor dos braços queimados de sal e sol. Pelo menos ali, Pedro teria lugar pra dormir, e sua fome seria aquietada de vez em quando, nem sempre... Que nada! Quanto mais Pedro assuntava o padecimento de seu sonho com Mestre Jangada, mais se assanhava para partir!

— Mas, o senhor viveu lá umas braçadas de ano, não foi Mestre???

E Pedro partiu!

Subiu na canoa com o luzeiro das estrelas quase se apagando. O Mestre, com sua calça de saco alvejado e solitário chapéu esgarçado, seguiu Pedro para dar as instruções de como chegar em Djanira. Tinha escolhido uma noite linda de verão que não prometia chuva.

Mandou Pedro cuidar do remo, que nem se cuida de filho, porque, se o danado cismasse de se afogar, levaria Pedro junto. Aconselhou também sobre a correnteza do rio Jenipabo e que deixasse a canoa escorregar sozinha. Ela, tanto pescador novo tinha levado a Djanira, já conhecia caminho de cor:

— Essa jangada tem espírito, filho!!! — disse o mestre.

A jangada se distanciou lenta, e os braços de Pedro pareciam completar o remo. Mestre Jangada não conseguiu acenar, mas sustentou o olhar marejado no menino por muito tempo!

Aquele começo de dia solitário na jangada lembrava sua infância silenciosa e seu velho pai. Seu Tónho já era velho quando o jovem pescador nasceu. A correnteza do rio Jenipabo, que ninguém se importava em descobrir de onde vinha, se aproximava mais rápido do que o pescador esperava e um nó na garganta sacudia sua respiração. A manhã neblinava seu marejar, e seu olhar perdia-se no nada. A jangada balançava alvoroçada, sacudindo os sonhos de Pedro. Seus pés não mais se fixavam no chão da canoa. A correnteza aumentava, e as nuvens sem saber por que pareciam machucadas pelo vento, inchadas de tanto açoite. Quanto mais a correnteza se aproximava, mais as águas se esverdeavam sem que Pedro pudesse entender seu rumo. A fina linha, que geralmente se desenhava no rio e guiava canoeiros e pescadores, estava completamente escondida pela cerração. O rapaz tentava se equilibrar de pé, pois as águas invadiam o pequeno barco. Não lutava contra a correnteza. Lembrava-se da voz de Mestre Jangada: "essa jangada tem espírito filho. Deixa ela escorregá!". E deixava... a jangada rodava, como se estivesse num redemoinho e parava um pouco. Voltava a rodopiar, bailar, sacudir... Pedro sentia-se enjoado, cansado, mas não podia se entregar ao mau tempo. Era só passar a correnteza! Era só cruzar as águas esverdeadas do rio Jenipabo que Djanira estaria próxima. Muito próxima! Mas seu corpo foi caindo lento... Uma lentidão de quem não quer se deixar cair. Seus olhos já não viam mais nada, apenas o branco do nevoeiro. Suas mãos, apesar de fortes, seguravam os dois remos com uma delicadeza quase feminina. Ouvia a voz de Mestre Jangada: "Se os remos cismarem de se afogar eles te levam junto, filho!!!".

As mãos de Pedro cederam ao apelo do rio que afogou seus remos. Num esforço insensato, o pescador agarrou a beira do barco, tentou rezar, tentou gritar todos os sonhos que nunca ousou sonhar! Esforço insensato... Numa última gota desesperada de luta fechou os olhos e se pôs a imaginar Djanira, a lembrar do vale do Quinhão e das lindas calças de saco alvejado que um dia ainda ousaria usar.

Seu corpo tombou lento e, como uma visita que se chega mansa, visitou às águas quentes e esverdeadas do rio. Sentiu-se acolhido e relaxou parte a parte seu corpo. Seus olhos fechados traziam de volta o cochilo de moleque. E tranquilo escorregava, escorregava...

Os romeiros de Djanira avistaram primeiro a jangada. Acharam esquisito... Entraram no mar para trazer o resto do barquinho para terra e aí viram a mão de Pedro! Puxaram seu corpo inerte por um respirar abreviado, um corpo desmazelado de luta, a boca púrpura e dentes quebrados, uma das mãos bailava solta pela arrebentação, mas a outra mantinha-se arraigada, enraizada na beira da jangada sustentando um pulso que ainda batia lento, lento, lento...

O SUICÍDIO

Vivo essa vida de homem sem eira nem beira, solto por esses caminhos que a vida me impôs. Cada minuto que passa se arrasta, e o peso cresce em minhas costas cansadas de tanto sol, de tanta chuva atrás de trabalho. Minha única recompensa é a brisa da tarde, que bate em meu corpo, molhado e sofrido de dor e cansaço, e me refresca como se fosse Deus me convidando para continuar vivo. Não tenho nada senão o pouco em meu casebre, comida que me mantém apenas de pé. Nunca sorri que senão forçado, obrigado para agradar patrão. A última conversa que tive foi com meu falecido pai. Minha mãe, nem me perguntem, sequer me lembro. Já fui tão logrado em minha vida que só tenho a confiar no silêncio, que esse não me trai.

Então, vou preferindo ficar assim. Vez em quando, vou até a igrejinha e rezo umas ave-marias, que é para mal de não me esquecer. O único bem que tinha era meu pobre cachorro que morreu de sarna, sofrendo. Sentia um desalento em seu olhar, mas não tive coragem nem de matar o pobre para dar fim em seu sofrimento. Fiquei lá do lado dele, agonizando junto! Depois enterrei o coitado bem do lado de casa e finquei na terra uma cruz, que é para lembrar que um dia tive alguma coisa de valor.

Hoje o campo está lotado de trabalhadores, e me parece maior a solidão. O peso da sacola de algodão, em fim de dia, faz com que eu me lembre que nunca nada mudou. E o que resta para um pobre diabo que não faz falta para ninguém? Que não vale viver. Dar fim em minha vida e que meu Deus me perdoe, dizem que é pecado e foi por isso que ainda não atentei contra a única coisa que Deus me deu de graça, a vida. Mas ele há de me perdoar que homem nenhum merece sofrimento assim.

É chegado em casa que minha peixeira, que uso só mesmo para cortar cana, vai encontrar melhor serventia, mas antes quero sentir pela última vez a brisa e lamentar a recusa de mais um convite de Deus.

E foi quando o pobre homem resolveu colocar fim em sua vida que se sucedeu a seguinte história:

Entrei em casa e encontrei abancado lá Enésio e João. Os dois estavam estirados no chão, roncando que nem porco selvagem, com as tralhas feitas de travesseiro e a terra feita de colchão. Entrei lento, peguei minha peixeira, que ia usar pra cortar meu próprio bucho, e encostei a ponta dela na garganta do mais forte deles, o Enésio, que acordou assustado e arregalou os olhos que pareciam mais lua cheia em noites de sertão.

— Põe a peixeira pra lá, homem! — falou Enésio com a voz abafada de medo.

— Cabra que se abanca assim na casa dos outros, sem pedir licença, está querendo é morrer!

Antes de terminar minha fala, com essa voz trovejada que tenho, João acordou. Apesar de esquelético, o danado pulou em cima de mim e agarrou meu pescoço, trançou as pernas na minha barriga e mordeu minha orelha. O peso do pobre era menor que o peso do saco de algodão em começo de dia. Depois disso o danado se pôs a esmurrar minha cabeça com força de mulher desnutrida. Parecia mais era cafuné. Foi um dos fatos mais engraçados que já vivi. Eu, que no auge da minha mocitude, nunca tinha rido com gosto, me descadeirei em gargalhadas. Foi só me levantar que o coitado despencou de minhas costas e ficou estirado no chão, os dois braços estendidos, cada um para um lado, as pernas juntas esticadas, e os olhos fechados, sobrancelha quase agarrada com as bochechas, feio que nem o cão, esperando pelo pior. O outro, então, fixou seu olhar num ponto só e não parava de perguntar o que tinha acontecido com o amigo. Depois virava a cabeça de um lado para o outro, piscava os olhos, tentava se levantar tateando e derrubando tudo que tocava, sem jeito. Eu não entendia. Ele olhava como se não estivesse enxergando! E foi que percebi... O pobre não enxergava!

Então, que Deus me perdoe e já fiz penitência por esse pecado, danei a rir. Não que eu ache engraçado a cruz dos outros, mas logo em minha casa, quando estou chegando para dar fim em minha vida de miséria que não muda, é que encontro abancados lá, sem pedir licença, dois jagunços. Um desnutrido e o outro cego! Sentei em minha cama tentando respirar um pouco porque foi muito que durou meu acesso de riso. Mas daí, percebendo o angustiamento dos dois, a conversa seguiu assim:

— Se assosseguem, que nunca que ia ter coragem de fazer qualquer coisa com dois pobres que nem vocês.

— Somos pobres não, homem! Temos carência é de trabalho e de tudo que o trabalho traz: dinheiro, comida, um lugar onde a gente possa abancar nossas noites em quando desdormidas!

— Que é que aconteceu com os olhos do cabra, seu amigo?

— Nasceu foi assim! Nunca na vida viu a luz do dia. Seus olhos são só escuridão. Seus olhos são como noite sem lua e estrelas pelos caminhos do sertão.

Como é que se chama?

— Nome de batismo é Aparecido Enésio da Silva, mas o senhor pode chamar só de Enésio. E o meu, se me permite me apresentar, é João Aquino Lopes de Souza.

— Se o cabra foi batizado há de ser bom. Bem recebido por essas bandas. E o amigo tem nome de gente importante. É de batismo?

— É não, senhor! Trabalhei pouco tempo numa fazenda, quando ainda era moleque. Naqueles tempos era fácil arrumar trabalho porque ninguém tinha ainda se apercebido que meu crescimento tinha chegado no fim. Quando saí de lá, resolvi usar o sobrenome dos patrões, que achei de muita elegância. Infelizmente, ainda não fui batizado, não senhor, e só me lembro de meu pai me chamando de João. É assim mesmo que o senhor pode me chamar.

— E o cabra cego, amigo seu, há de trabalhar?

— O senhor, por favor, me permita uma atenção e pode fazer as perguntas para mim mesmo, que nunca que enxerguei à luz do dia, o brilho das estrelas e não sei, sem tocar, as feições de um homem, mas surdo e mudo é que não sou, então o senhor me faça o favor de perguntar tudo que quiser para mim mesmo, que lhe respondo com toda satisfação, porque o homem que é cego é só cego, mas é capaz de usar a boca, os ouvidos, a não ser que tenha no mundo gente, quem sabe o senhor mesmo, que usa os olhos para ouvir e para falar, mas eu é que não sou assim!

— Eita, que braveza é esse homem! Estou sendo bom de não tirar os dois daqui rasgados na peixeira e o cabra me trata assim?

— É que o senhor há de me desculpar, mas meus olhos não funcionam, e, seu eu parar de usar boca e ouvido, não hei de estranhar que esses dois também parem de funcionar. Aí que não vou mais ser de serventia nenhuma. Depois é preciso que o senhor entenda, se é que vamos nos abancar aqui por mais algum tempo, que eu só não tenho as condições para enxergar. É só isso! E, pelo que sei, e o senhor há de me confirmar que não pode ser tão ruim assim, se tenho como companheiro de estrada um cabra danado de feio que nem João.

— Cabra que é macho não acha homem nenhum bonito, e eu não sou diferente, mas não queria encontrar esse cabra sozinho no meio da noite... Ixi!! Que história é essa de se abancar aqui por algum tempo???

— Foi o senhor que disse que podíamos, senhor!

— Eu?

— Foi, sim senhor!

— Disse nada não!

— Disse sim, senhor!

— Disse foi nada, homem.

— Aaah, o senhor não há de mentir, já que é cristão! Sei que é, sim senhor, porque estou vendo o terço de reza dependurado no prego em cima de sua cama. E olhe, homem que bota prego na parede só para dependurar terço há de ser bom, bom demais e não há de expulsar dois pobres!

— Mas o cabra não acabou de dizer que não queria que lhe chamassem de pobres?

— O senhor, por favor, não mude de assunto! Não tente me encarafunchar na cabeça que nosso entendimento é cego que nem meus olhos. O cabra disse que eu era bem-recebido por essas bandas porque era batizado e havia de ser bom!

— Mas seu amigo, o cabra feio, não é!

— Meu amigo não tem culpa de ter nascido desprovido de beleza. Ele é pessoa boa, que nunca me abandonou, não senhor. Nos conhecemos em uma fazenda, trabalhando duro, mas os capangas de lá não largavam do nosso pé. Faziam maldade comigo e com ele. Foi então que resolvemos cair na estrada e meus olhos viraram o braço dele que seguro pra me guiar. O esquerdo, sempre. Isso sim é ser cristão!

— Ai, meu padre Cícero, me ajude! Eu disse que eram bem recebidos nessas bandas, não na minha casa!

— Então o senhor mentiu? Cristão não mente não senhor que há de arder no fogo do inferno! Vejo em seu rosto que está mentindo!

— O cabra deixe de me ofender!

— O senhor então me desculpe, que meus olhos não conseguem ver o povoado, mas o que é que tem nessas bandas aqui? Onde podemos nos abancar?

— Nada, não senhor! Nessas bandas aqui de casa, só a minha!

— Então, o senhor mentiu!

— Não menti!

— Pois olhe que acho que o senhor anda meio avariado das ideias! Pois, se disse que éramos bem recebidos nessas bandas e aqui não tem nada, quem é que vai receber dois pobres bem, se não o senhor? O senhor mente sempre?

— Eu não minto que sou muito Cristão e sigo todos os ensinamentos de meu pai. Os cabras já estão acabando com minha paciência de homem bom!

— Pois se o senhor segue todos os ensinamentos cristãos deve saber que, "na casa do senhor tem muitas moradas", que sou letrado e trago comigo aqui nas minhas tralhas uma bíblia que comprei ainda nos tempos que trabalhava!

— É isso, sim senhor, que João lê a bíblia todas as noites antes de dormir. Mostra pra ele, João! Meu amigo tem até esse nome escolhido no propósito de apóstolo!

— Mas, como é que vou abancar dois cabras aqui, se não tenho nada nem pra mim! Tenho mais precisão que os dois. Mal tenho o que comer e lugar pra dormir!

— Então a gente há de se ajudar! A gente só carece de arrumar trabalho, e o senhor deve poder ajudar!

— Não, não posso! Hoje cheguei em casa para dar cabo em minha vida! E chego aqui pra terminar com essa miséria e encontro dois cabras, safados, que estão querendo me levar na conversa!

— Dar cabo em sua vida? Isso é o maior dos pecados. Que Deus lhe perdoe! Eu, mesmo vivendo na escuridão, nunca pensei assim. O senhor há de se penitenciar acolhendo...

— Sei! Acolhendo dois pobres...

— Pobres não, que já lhe dissemos que só carecemos de trabalho!

— Olhem aqui, já sou por demais atarantado com tanto problema. Vivem me logrando por essas bandas e sou fraco de saúde, não posso sustentar dois homens feitos só porque um é cego e o outro desnutrido e que Deus me perdoe por esse descaso!

— Então é o senhor que carece de nossa ajuda. Eu pareço fraco, mas sou trabalhador! E meu amigo sabe negociar com patrão. Esse sabe ouvir na voz de qualquer homem se é bom ou não. O que Deus tirou de seus olhos colocou em seus ouvidos e no seu dizer! Mas, se o senhor não nos aceita, que Deus lhe guarde e partiremos por esse mundão lhe desejando tudo de bom...

— Tudo bem! Tudo bem, podem ficar aqui só por uns dias! Até arrumarem lugar para se abancarem, trabalharem e comida, que tenho demais de pouco!

— Eu e Enésio ficamos muito agradecidos, senhor! Mas, voltando ao assunto do suicídio, se o senhor é assim tão cristão, por que ia cometer um sacrilégio desses?

— Eu não ia cometer um sacrilégio!

— Então o senhor mentiu?

— Não me aperreie cabra!

— O senhor mente sempre?

Os dois se abancaram em minha morada e parece que não querem mais sair. João trabalha que nem touro bravo. É fraco, mas não cansa nunca. E Enésio não deixa ninguém enganar a gente. Negocia com patrão e sabe de ouvir numa palavra, cabra que é bom ou não.

Não que as coisas tenham mudado muito, mas nunca mais ninguém me logrou aqui por essas bandas. Já me acostumei a rir todas as noites com as trapalhadas dos dois. Comida e dormida e companhia não nos faltam mais!!

Quanto ao suicídio? Ah, esse acho bom deixar para uma próxima história.

O CEGO OVÍDIO

Ovídio passava as manhãs ralando sua bengala pelos portões das casas, fazendo uma barulhada pra anunciar sua chegada. Aos poucos as pessoas, resmungonas, franzindo a testa, tropeçando nos chinelos, derrubando relógios, iam acordando e se levantando com passo arrastado de dia de domingo. Ovídio parecia o despertador da cidade, o sino da igreja que já não tocava há anos por falta de pároco.

Ninguém mais se importava, porque já tinham cansado de falar: — Ovídio para de ralar sua bengala em nossos portões tão cedo. Mas Ovídio, que era bom de ouvir e ruim de ver, sorria, dizia que não faria mais, e no dia seguinte lá estava ele, novamente, bem cedo, barulhando toda a vizinhança. Fazer o quê? Mandar Ovídio embora, coitado, pobre coitado do Ovídio! Seria uma crueldade com um homem, que tinha como único defeito o ralar de sua bengala.

Assim, ninguém tão muito insistia, e o tempo foi passando, passando, passando... Passaram-se anos. Alguns se mudaram, outros cresceram, alguns abandonaram o lugar e outros simplesmente morreram. Mas Ovídio... envelhecia sim, é claro, mas quem se importava? Onde ele morava, com quem andava, o que fazia quando não rondava pelas ruas, a ninguém dizia respeito senão ao próprio.

O homem já era conhecido, assim como a pracinha principal, o riacho, a farmácia, a casa de bordel, a igreja sem pároco. Era assim que apresentavam o lugarejo: — aqui é isso, ali é aquilo, por lá você vai não sei para onde e este aqui é o Ovídio. No começo os novos moradores reclamavam, estranhavam, mas aos poucos iam se habituando ao ritmo da cidade e ao cedo acordar com as bengaladas do cego.

— Esta cidade é muito preguicenta!!! O tempo precisa de atenção — dizia Ovídio para si mesmo!

Então, era assim mesmo. Quando os primeiros raios de sol brotavam, ouvia-se já: ta-tá-tá-tá-tá-tá, nos portões, nos muros, nos vidros, nos paralelepípedos, nos postes... Daí que uma luzinha se acendia, e outra e outra, assim sucessivamente, até que os barulhos das conversas de portão, dos gritos das crianças, dos carros, das carroças, do movimento implorado pela vida, encobriam aquele barulhinho, assim meio chato, meio irritante, meio necessário. Então, o homem sumia, mas quem se importava, pois voltaria Ovídio sim, no dia que se seguia.

Inesperado, mas a tal cidadezinha foi crescendo. Pouco percebido era o quanto a vida naquele canto melhorara. Pobres já ganhavam o pão, comprado com a recompensa do trabalho, que era pago pelos menos pobres. A escola começou a abrir bem cedinho e era onde os trabalhadores deixavam seus filhinhos. E os filhinhos aprendiam a ler, escrever, fazer conta. Os meninos, um pouco mais crescidos, também estudavam, ajudavam os pais e se divertiam só até a noite aparecer, jovenzinha. Os pais madrugavam em todos os tipos de trabalho e os que não trabalhavam ajudavam a manter a cidade em ordem e limpa. A igrejinha, outrora solitária de pároco, abriu as portas numa bela manhã de domingo.

Ovídio foi o primeiro a entrar nela e encher os ouvidos do novo padre com seus pecados. Tudo naquele lugarejo ficou muito bonitinho. A tarde chegava mansa, com um sol já meio cansado se pondo, trazendo para o povo os primeiros bocejos. Quando a noite entrava, a paz era completa. Não havia alma atrevida a não deixar aquele povo dormir.

Foi então, numa manhã qualquer, que toda a cidade acordou apenas com o clarão do dia. Faltou Ovídio.

— O Ovídio não bateu a bengala hoje??

— Não, e todo mundo aqui em casa atrasou.

Só que naquele primeiro dia da falta de Ovídio, porque muitos outros vieram, ninguém teve grandes problemas. Os filhos atrasaram para escola, que também atrasou para abrir as portas. Os pais atrasaram para o trabalho, mas os patrões também não acordaram. E assim foi, e foi, durante os dias seguintes.

— O que será de Ovídio, meu Deus???

Ninguém sabia o que tinha acontecido com o pobre. Então, a cidade começou a trabalhar em ritmos diferentes. Cada um acordava na hora que bem desejasse. A escola começou a abrir mais tarde sem se importar com as crianças que dela tanto precisavam. Os patrões exigiam que os trabalhadores chegassem cedo demais, e os jovens ficavam até tarde zanzanzanzando pelas ruas. Quem não trabalhava não precisava acordar mais tão cedo, o dia ficava curto, e a limpeza e organização da cidade iam ficando para trás. No começo era bom, mas, loguinho, os problemas apareceram com as crianças, os jovens, os velhos, os trabalhadores, os patrões, o padre, as prostitutas, com o povoado inteiro.

— Cadê o safado do Ovídio?

Começaram a procurar Ovídio por todos os cantos. Alguns esbravejavam e o culpavam pela bagunça na cidade. Outros apenas se preocupavam com o homem e sentiam sua falta. Aos poucos a cidade e as opiniões iam se dividindo. Os problemas iam se acumulando, e toda a conquista dos últimos anos parecia que ia escorrendo pelo ralo com cada chuva que caía.

Procuraram... procuraram... cansaram. E cada dia que passava, a cidade acumulava todos os tipos de sujeira. Já tinha moleques de bando até tarde da noite, fazendo algazarra. Já tinha criança sem escola, já tinha trabalhador trabalhando demais e de menos, já havia homens dormindo pelas ruas mexendo com as mocinhas que passavam. Como ninguém dava mais atenção ao tempo, era como se ele estivesse passando, esvoaçando, escorrendo. E Ovídio, nada! Então um grupo se uniu para maldizer Ovídio e jogar nele toda a responsabilidade do desavanço da cidade. Outro grupo queria achá-lo para que ele voltasse a bater sua bengala todas as manhãs. As pessoas discutiam. Uns apoiavam um grupo, outros apoiavam outro grupo, e outros não queriam se meter nessa conversa. As conversas foram aumentando, os grupos brigando cada vez mais e em público, mas só o que se discutia era o faltar que Ovídio fazia!

— O padre foi embora!!
— A igreja fechou?
— De novo?
— Pois é... tudo culpa do safado!
— Há de voltar e pedir abrigo... há de voltar!!!
— A culpa não é de Ovídio!
— É!
— É nada!
— É!
— É nada! O tal nem faz falta!
— É verdade, faz falta nada. Nosso partido arruma tudo!
— Só se voltar Ovídio para ralar a bengala!
— Trazer de volta Ovídio? O cego sumiu...

— Nada, fiquei sabendo que ele foi para outras bandas!

— Ara! Ninguém sabe o paradeiro do homem...

— Sabe sim... Ovídio abandonou a cidade. Foi ralar a bengala em outros cantos.

— Verdade?

— Verdadeira!! Traidor!

— Coisa estranha!

— Ah, e será que não volta mais, não!

—- Acho que só se for para visitar.

— Ah, ele que não se meta a besta!!! Meu partido põe ele para correr.

— Por quê? O pobre não fez nada!

— Ah, se fez. A culpa é dele. Olha essa bagunça!

— Isso lá é verdade! Está uma bagunça esta cidade...

— Mas já disse a vocês, nosso partido vai arrumar tudo isso!

— Não era melhor que Ovídio voltasse e...

— Eita, que ninguém te ouça falando assim... Te expulsam do partido.

— Deixa o homem dar a opinião!!! Que é que tem??? Isso aqui é uma reunião política!

— E eu não sei??? E é por isso que temos que discutir a situação da cidade, se volta Ovídio...

— Ovídio não vai voltar não senhor!

— É... acho que o danado não volta mais! Se bem que nem precisa!! Meu partido arruma tudo! Bem, mas hoje já está ficando tarde e é melhor deixar os assuntos para amanhã.

— É, concordo, sim senhor!

— Amanhã que horas??

— Que horas... ora!!! Sei lá, sem Ovídio, a hora que cada um acordar.

— Então fica ajustado assim!!
— Boa noite!
— Boa noite! Até amanhã!!!
— Até!!

DINDA

Depois de muito pensar, Dinda chegou à conclusão de que era assim chamada porque tinha nascido para ser "madrinha". O único probleminha é que ainda teria que esperar muitos anos, já que tal graça é concedida apenas aos grandes. Todos os dias, Dinda, disfarçadamente, se colocava ao lado de sua mãe, seu pai, seus tios, seus avós, com a esperança de ter crescido mais um pouquinho. Nada! Dia após dia, e nem um centímetro!

"Se eu chegar até a metade do pai, já tá bom!", já que tia Rosa era pouco mais que a metade do pai e era sua madrinha há muito tempo. Mas o tempo, que parecia escorregar lento, trazia para Dinda um certo desconsolo misturado com excitação, angústia.

— Mãe, como é que a gente faz pra crescer?

— Tem que esperar, filha!

Mas, Dinda precisava ser grande! Logo!

— Alguma criança pode estar sem madrinha, tadinha, e eu aqui pequenininha! — cochichava para si!

— Pai, como faz para a gente crescer logo?

— Não faz nada filha, espera que Deus é que faz você crescer! Quando ele quiser você cresce.

— E onde está Deus?

— Ele está lá na igreja. Lembra da igreja que a gente ia de domingo e que você não parava quieta? Que o padre até te deu bronca, lembra?

Dinda se aquietou. Pois, não foram eles mesmos que disseram que a igreja é o lugar onde encontramos todas as respostas? Então, que lugar melhor pra começar a perguntar?

— Pai, se as pessoas querem ouvir música aqui devia fazer que nem os meninos grandes lá da escola. Traz o celular, né mãe?

— Mãe por que a gente tem que ficar senta, ajoelha, levanta, senta, ajoelha, levanta...

— Mãe hoje eu vou poder entrar na fila do biscoitinho que o padre distribui?

— Dinda chega, por favor!!!

Não foi contra seu gosto que Dinda recebeu a notícia que seus pais não mais a levariam para a igreja até que ela aprendesse a se comportar.

Mas, quando o pai disse que crescer era responsabilidade de Deus, Dinda se abalou:

— Mãe, me leva na igreja!

— Não, na igreja não.

— Por que, mãe? Eu quero ir na igreja.

— Porque Deus fica de olho em todo mundo que está na igreja. Você não fica quieta lá e Deus vai ficar zangado com você.

— E se eu ficar boazinha? Eu preciso fazer uma pergunta pra Deus, mãe! Você não disse que a gente vai lá para ter respostas, mãe, eu quero perguntar uma coisa pra Deus, me leva, vai, me leva!

— Tá bom, Dinda, mas você tem que prometer que vai ficar quietinha!

— Eu prometo! Eu prometo!

No domingo seguinte, Dinda e os pais sentaram-se na primeira fileira para a missa das 10:00 h. Todos ficaram surpresos com o comportamento da pequenininha. Fechava os olhinhos enquanto o padre falava, fazia o nome do pai, apertava as mãozinhas e mexia a boquinha como se estivesse rezando ali, concentrada, sozinha. Às vezes, encarava a imagem de Jesus como que esperando que ele dissesse algo. Então, todo seu ritual se repetia como numa novena. Quando a missa terminou, Dindinha nem queria ir embora, mas bem no fundo de seu pequeno coraçãozinho, sabia que sua resposta só viria com o tempo.

"Mãe e pai falaram que era só ser boazinha na igreja! Logo, logo eu vou acordar gente grande e vou poder batizar quantas criancinhas estiverem sem madrinha"

Um, dois, três dias e nada, nem um centímetro...

Uma semana e a marquinha da parede, que ficava bem acima de sua cabecinha, não saía do lugar.

Mas, de repente numa manhã, bem manhãzinha, ainda de pijaminha de flanela e chinelo arrastado pela sala, até o colo quentinho da mãe, foi que nossa amiguinha recebeu a tão esperada resposta:

— Nossa Dinda, você quer colo! Mas já está uma menina grande. Parece até que cresce enquanto dorme!

"É isso! Mistério resolvido! A gente cresce enquanto dorme." Obrigada, papai do céu!

Assim sendo, tudo que Dinda precisava fazer era dormir o máximo de tempo possível.

— Mãe, estou com soninho. Quero dormir mais!

— Não pode, filha. Tem que ir pra escola!

— Mas, mãe, hoje não, vai. Deixa eu dormir!

— Ah, Dinda, você anda muito estranha! Sempre adorou ir para a escolinha! Está com febre?

— Estou!

— Não está, não!

— Está com dorzinha de garganta? Deixa eu ver.

— Estou!

— Não está!

— Meu quarto estava cheio de mosquito, mãe... Acho que estou com dengue!

— Não está não, filha. Deixe de manha e vai se arrumar para ir para a escola.

Dinda ia para escolinha quase carregada, mas, tudo bem, a escola durava apenas algumas horas e logo voltaria para casa, dormiria o resto do dia e certamente acordaria alguns centímetros mais alta.

Mas a mãe insistia em carregar Dinda para escola. Dia após dia, seu soninho era interrompido, e a pequena parava de crescer. E suas ocupações depois que voltava da escola eram tantas — televisão, bonecas, lição de casa, lanchinho — que só o que podia fazer era pensar, em suas orações, nas inúmeras criancinhas sem madrinhas:

— Ai, ai... tadinhas!!!

"A professora falou que, quando a gente quer alguma coisa, tem que correr atrás do sonho da gente, mas o sonho só vem de noite, e eu não vou ficar por aí, correndo pelo escuro que eu tenho medo né? Paciência!!!"

Até que se deu o milagre.

Alguém bateu palmas do lado de fora. Quando a mãe de Dinda abriu a porta, a menina viu, de longe, as duas mulheres se abraçando com muita alegria. No colo da amiga da mãe, um lindo bebê.

— Adivinha o que eu vim fazer aqui? Fabinho está à procura de uma madrinha!!!!

Dinda correu para o lado da mãe, com um sorriso de quem está prestes a realizar um antigo sonho.

— Dinda, como você cresceu! Já está praticamente uma mocinha.

— Tô mocinha. Tô sim, né mãe??

— Está sim. Uma linda mocinha! Uma linda mocinha preguiçosa, que cismou que não quer mais ir à escola.

— Ah, Dinda, uma moça grande que nem você! Tem que ir para escola...

A nossa amiguinha não ouviu mais nada! Apenas o moça grande, moça grande, moça grande, ecoando em seus ouvidinhos...

— E sabe por que eu vim aqui? Porque meu filhinho, o Fabinho, precisa de uma madrinha.

— É, eu também tenho uma madrinha. E ela é bem pequenininha. É metade do pai, né mãe?

— É filha, a Dinda Rosa é baixinha mesmo!

E a tarde passou sem muitas novidades até que a mãe de Fabinho levantou, entregou o menino para amiga e disse:

— Obrigada por cuidar dele! Eu não me demoro.

E a nova madrinha, feliz, respondeu.

— Que é isso, comadre! Não tenha pressa. Eu e Dinda cuidaremos muito bem do Fabinho.

Dinda viu a grande chance de realizar seu sonho meio estranho, esses sonhos que só as crianças mesmo, com a imaginação novinha, ingênua e doce, que não deu tempo ainda de adulto nenhum estragar, têm coragem de ter!

— Mãe, eu vou cuidar do Fabinho para você!

— Não, filha, vai brincar! Isso é responsabilidade de madrinha!

— Não, mãe. Eu sei cuidar, eu vou cuidar dele mãe!

— Filha, é melhor não que...

— Mãe, eu sei cuidar dele.. eu já sou grande! Você não fala isso sempre, quando me acorda para ir para escola, então mãe, então...

— Tá bom, Dinda! Tá bom! Você cuida dele!

Dinda começou brincando com Fabinho no cercadinho improvisado, mas o menino, muito bebê ainda, não dava a mínima. Os olhinhos da menina começaram a procurar o quintal, a televisão, o que a mãe estava fazendo, mas a mãe tinha prometido à filha que a deixaria cuidar do afilhado:

— Dinda, tem que dar água para o Fabinho. Pega a mamadeira dele lava, coloca aguinha e dá para ele.

— Dinda, o Fabinho jogou a chupeta no chão. Pega ela do chão, lava e dá de volta.

— Diiiindaaa! Fabinho fez cocô. Tem que trocar a fralda filha!

— Dindaaaa, vem dar papinha para o Fabinho filha, depois limpa a sujeira que ele fizer e troca a roupinha se ele sujar!

— Aonde você vai, mãe?

— Vou até o portão conversar um pouquinho. Mas você não sai daí hein?

Foi quando Fabinho começou a chorar! Chorar de verdade... sem parar. Gritar... Espernear...Engasgar... ter chiliques!

Dinda achava que sua mãe viria correndo, mas que nada. A mãe da menina nem se abalava.

— Mas será possível que minha mãe não ouve?

A mãe ouvia sim, mas ficou lá, de prosa com a vizinha, enquanto Dinda tentava de tudo. Colocou nariz de palhaço, fez teatrinho de marionete, brincou com o chocalhinho, cantou Macarena, pegou o menino no colo, fez tchu-tchu-tchu-tchu na bochecha… até que a mãe entrou.

— O que houve, Dinda?

— Não sei, mãe. Ele não para de chorar!

— É assim mesmo. Ele deve estar com sono e sentindo falta da mãe. Vamos colocar ele para dormir um pouquinho!

— Isso, mãe, põe ele para dormir, que eu quero…

— Ei, mocinha! Você vai colocar ele para dormir…

— Mas, mãe, eu queria…

— Você não queria cuidar dele? Então tem que cuidar bem. Madrinhas têm muitas obrigações com os afilhados. É nossa obrigação tratá-lo bem; se você disse que quer cuidar dele, tem que cuidar como se fosse a verdadeira madrinha.

— Madrinha tem que fazer tudo isso mãe?

— É claro, filha! Quantas vezes sua dinda Rosinha já cuidou de você?

A mãe de Dinda pegou a cadeirinha da menina, colocou ao lado do quadrado do menino e pediu que ela sentasse para colocar o menino no colo.

Mas, em vez de sentar, Dinda ficou ali parada, olhando para o menino que já começava a chorar novamente.

Então, Dinda afastou sua cadeirinha e colocou em seu lugar uma cadeira de gente grande. Segurou sua mãe pela mão e fez com que ela se sentasse. Agachou perto do menino, respirou fundo e com sua mãozinha alisando a cabecinha de Fabinho disse:

— Olha Fabinho, sua Dinda está aqui, pertinho de você. Eu vou sair pra brincar! Qualquer coisa que você precisar, chama ela!!!

No dia seguinte, antes mesmo da mãe vir acordar Dinda, nossa amiguinha já esperava sentadinha na cama, toda arrumadinha de uniforme, ansiosa para ir à escola, com um alívio de quem aprende que o que andamos sonhando nem sempre é o melhor para a gente. Pelo menos em certos momentos!!!